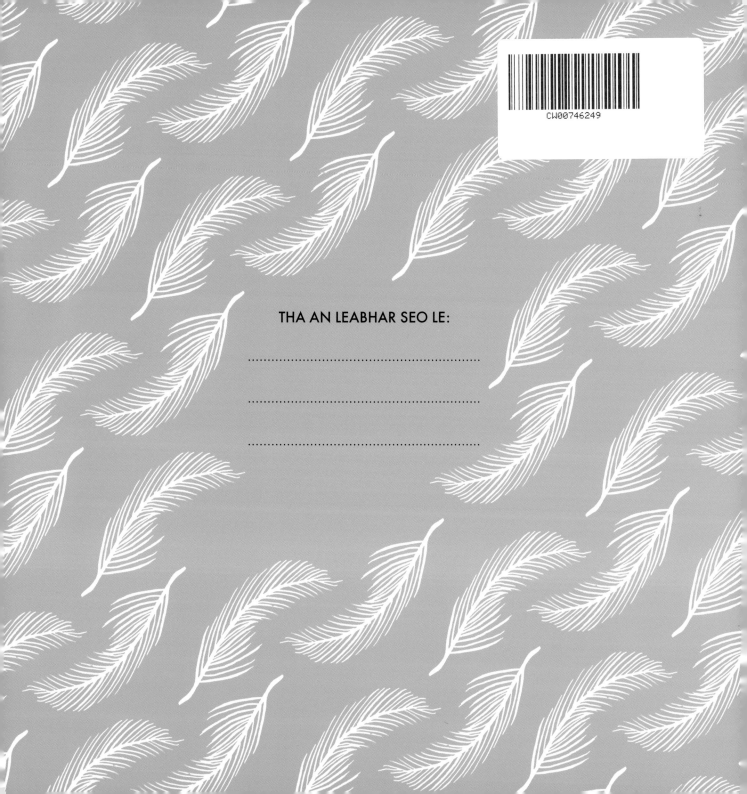

THA AN LEABHAR SEO LE:

..................................................

..................................................

..................................................

CW00746249

Don eun-eòlaiche òg as fheàrr leam.
Agus Catrìona.

A' chiad fhoillseachadh sa Bheurla an 2019 le Walker Books Earr,
87 Vauxhall Walk, Lunnainn SE11 5HJ

© an teacsa 2019  Walker Books Earr
© nan dealbhan 2019 Zoë Ingram

www.walker.co.uk

2 4 6 8 10 9 7 5 3 1

A' chiad fhoillseachadh sa Ghàidhlig 2020 le Acair, An Tosgan,
Rathad Shiophoirt, Steòrnabhagh, Eilean Leòdhais HS1 2SD

info@acairbooks.com     www.acairbooks.com

© an teacsa Ghàidhlig Acair 2020
An tionndadh Gàidhlig Mòrag Anna NicNèill
An dealbhachadh sa Ghàidhlig Mairead Anna NicLeòid

Na còraichean uile glèidhte. Chan fhaodar pàirt sam bith dhen leabhar seo
ath-riochdachadh an cruth sam bith, no a chur a-mach air dhòigh sam bith,
grafaigeach, eileagtronaigeach, meacanaigeach no lethbhreacach,
teipeadh no clàradh gun chead ro-làimh ann an sgrìobhadh bho Acair.

Tha Acair a' faighinn taic bho Bhòrd na Gàidhlig

Gheibhear clàr catalog CIP airson an leabhair seo ann an Leabharlann Bhreatainn

Clò-bhuailte ann an Sìona

LAGE/ISBN 978-1-78907-067-5

OSCR
Scottish Charity Regulator
www.oscr.org.uk
Registered Charity
SC047866

Riaghladair Carthannas na h-Alba

**Carthannas Clàraichte/**
Registered Charity SC047866

FSC
www.fsc.org

MIX
Paper from
responsible sources
FSC® C008047

# MO CHIAD LEABHAR EUN

Dealbhan le
**Zoë Ingram**

### acair

# Saoghal nan eun

Anns an leabhar seo, tha 20 de na h-eòin a tha
thu buailteach fhaicinn nuair a tha thu a-muigh.
Tha iad air an cur air dòigh a rèir meud airson
's gun aithnich thu iad agus tha tòrr fiosrachaidh
ann mu gach seòrsa eun – dè cho mòr 's a tha
iad, na rudan a bhios iad ag ithe, far am bi iad
a' fuireach agus cia mheud ugh a bhios aca.

Tha àireamhan eun ag atharrachadh agus tha seo
co-cheangailte ri staid na h-àrainneachd. Bidh
buidhnean glèidhteachais na Rìoghachd Aonaichte
a' cumail sùil gheur air a seo. Tha a h-uile seòrsa eun
a' faighinn inbhe glèidhteachais a tha a' sealltainn
ma tha e ann an cunnart. Tha dearg a' ciallachadh
gum feumar rud a dhèanamh sa bhad airson an
seòrsa sin a dhìon, 's e orains an ath bhuidheann as
èiginniche agus tha uaine a' ciallachadh nach eil
mòran dragh ann mun eun sin idir.

'S dòcha gum faic thu
diofar sheòrsaichean eun aig
diofar amannan dhen bhliadhna,
ach faodaidh tu an tàladh
dhan sgìre agad fad na bliadhna le
criomagan blasta, gu h-àraid anns
a' gheamhradh nuair a tha biadh gann.

'S toigh le eòin fa leth biadh fa leth agus 's urrainn dhut
iomadh seòrsa measgachadh de bhiadh eun a cheannach.
Feuch seòrsa no dhà ach am faic thu dè chòrdas ris na h-eòin
anns an sgìre agad fhèin. Cuir suas bòrd-eun no croch innealan-
biathaidh bho chraoibh no bho dhubhan. 'S mathaid gun còrdadh
e riut cnothan-talmhainn leis na sligean orra a chur air sreang, no
bàlaichean geire a chrochadh. Cuimhnich na h-innealan-biathaidh
a ghlanadh gu tric airson galaran a sheachnadh.

Tha eòin mun cuairt oirnn. Cùm sùil a-mach air an uinneig, theirig
cuairt dhan phàirc ionadail agad agus faic cia mheud a chì thu.

# Fiosrachadh mun Eun

| | |
|---|---|
| Faid | 9–10 cm |
| Rèis-sgèithe | 13–17 cm |
| Inbhe glèidhteachais | uaine |
| Biadh | biastagan agus damhain-allaidh |
| Àrainn | fearann coillteach, fearann tuathanais, monaidhean agus slèibhtean |

## An robh fios agad?
Airson eun a tha cho fìor bheag, tha ceilear air leth làidir aig an dreathan-donn.

6

# Dreathan-donn

Tha barrachd cuideim ann am peansail na th' ann an dreathan-donn agus tha iad doirbh am faicinn oir is toigh leotha a bhith a' cumail faisg air an talamh. Cùm do shùil a-mach airson earball goirid donn a bhios a' steigeadh suas dhan adhar. Bidh na h-eòin fhireann a' togail nid ann an còsan is cùiltean agus an uair sin bidh na h-eòin bhoireann gan lìnigeadh le itean.

## Uighean

**Meud uighean: 16 x 18 mm**

**Àireamh uighean: 5–8**

# Cailleachag a' chinn duibh

Tha sriantan dubha is geala air ceann cailleachag a' chinn duibh – dìreach mar bhroc. 'S e eòin gu math gealtach a th' annta agus bidh iad a' cur an cuid bìdh am falach air eòin eile ann am preasan faisg air làimh airson 's gun ith iad e a-rithist.

## Uighean

**Meud uighean: 15 x 12 mm**
**Àireamh uighean: 7–12**

An robh fios agad?
Tha cailleachag a' chinn duibh gu h-àraid measail air craobhan sìor-uaine agus tha gob biorach oirre airson sìol a phiocadh à duircean-giuthais.

## Fiosrachadh mun Eun

| | |
|---|---|
| Faid | 11.5 cm |
| Rèis-sgèithe | 17–21 cm |
| Inbhe glèidhteachais | uaine |
| Biadh | biastagan, cnothan agus sìol |
| Àrainn | gàrraidhean, pàircean agus fearann coillteach |

An robh fios agad?

Gu math tric, bidh cailleachag a' chinn ghuirm a' crochadh le a casan os a cionn nuair a tha i ag ithe!

## Fiosrachadh mun Eun

| | |
|---|---|
| Faid | 12 cm |
| Rèis-sgèithe | 18 cm |
| Inbhe glèidhteachais | uaine |
| Biadh | biastagan, bratagan, cnothan agus sìol |
| Àrainn | fearann coillteach, pàircean agus gàrraidhean |

# Cailleachag a' chinn ghuirm

Tha coltas gu math sunndach air na h-eòin seo agus tha iad dathach is furasta am faicinn. Tha iad a' breith nan uighean aca ann an tuill chraobhan no ann am bogsaichean-nid, ma tha fear faisg air làimh. Tha iad gu math cumanta ann an gàrraidhean agus 's ann ainneamh a bhios iad ag itealaich nas fhaide na 20 km bhon àite far an tàinig iad às an ugh.

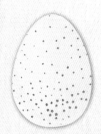

## Uighean

**Meud uighean: 16 x 12 mm**
**Àireamh uighean: 8–10**

# Lasair-choille

Tha an lasair-choille cho dathach ri eun a th' anns a' ghàrradh, le a h-aodann dearg-ruadh agus a sriantan-sgèithe buidhe. Tha ceilear sunndach, ceòlmhor aice agus b' e peata cumanta a bh' innte san linn Bhictòrianach. Anns a' gheamhradh, bidh lasraichean-coille na Rìoghachd Aonaichte a' siubhal cho fada air falbh ris An Spàinn airson aimsir nas blàithe a lorg.

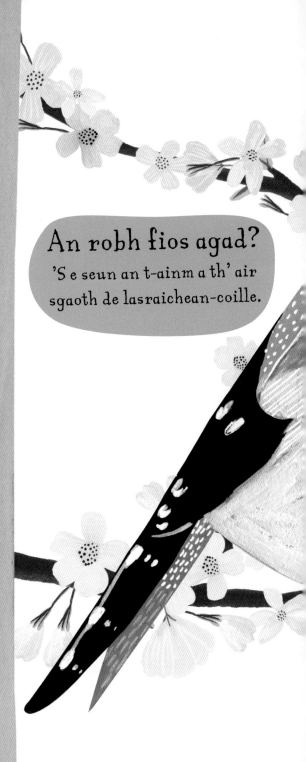

An robh fios agad?
'S e seun an t-ainm a th' air sgaoth de lasraichean-coille.

## Uighean

**Meud uighean: 18 x 13 mm**
**Àireamh uighean: 3–7**

# Fiosrachadh mun Eun

| | |
|---|---|
| Faid | 12 cm |
| Rèis-sgèithe | 21–25.5 cm |
| Inbhe glèidhteachais | uaine |
| Biadh | sìol agus biastagan beaga |
| Àrainn | pàircean agus gàrraidhean |

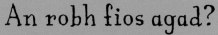

## An robh fios agad?

Bidh brùthan-dearga gu daingeann a' dìon an nid agus thèid iad a shabaid gus brùthan-dearga eile a chumail air falbh bhuapa.

## Fiosrachadh mun Eun

| | |
|---|---|
| Faid | 13–14 cm |
| Rèis-sgèithe | 20–22 cm |
| Inbhe glèidhteachais | uaine |
| Biadh | boiteagan, sìol, measan agus biastagan |
| Àrainn | pàircean agus gàrraidhean |

# Brù-dhearg

Tha brùthan-dearga furasta an aithneachadh leis na h-itean broillich dearg-ruadha aca, a bhios iad a' sèideadh suas sa gheamhradh airson iad fhèin a chumail blàth. Tha ceilear brèagha aca agus tha iad am measg nan eun as tràithe a bhios a' seinn a' chiad char sa mhadainn. Mar as trice, bidh daoine a' smaoineachadh orra aig àm na Nollaige.

## Uighean

**Meud uighean: 20 x 15 mm**
**Àireamh uighean: 3–9**

15

# Currac-baintighearna

Tha curraicean-baintighearna nas buailtiche am biadh ithe bhon talamh na tha eòin eile dhen t-seòrsa seo. Bidh iad gu tric a' togail an nid ann an tuill chraobhan, ach tha iad toilichte gu leòr an togail ann am bogsaichean-nid cuideachd. Bidh iad a' ceilearadh gu làidir agus faodaidh iomadh seòrsa caithreim a bhith aca.

## Uighean

**Meud uighean: 18 x 14 mm**
**Àireamh uighean: 7–15**

## Fiosrachadh mun Eun

| | |
|---|---|
| Faid | 14 cm |
| Rèis-sgèithe | 22-25 cm |
| Inbhe glèidhteachais | uaine |
| Biadh | biastagan, cnothan, dearcan agus sìol |
| Àrainn | fearann coillteach agus gàrraidhean |

**An robh fios agad?**
Tha curraicean-baintighearna
air laghairtean a ghlacadh!

17

An robh fios agad?

Tha cailleach bheag an earbaill a' togail nead air a bheil cumadh botail, agus ga lìnigeadh le suas ri 1,500 ite.

## Fiosrachadh mun Eun

| | |
|---|---|
| Faid | 14–15 cm |
| Rèis-sgèithe | 17–19 cm |
| Inbhe glèidhteachais | uaine |
| Biadh | biastagan, bratagan, cnothan agus sìol |
| Àrainn | fearann coillteach agus gàrraidhean |

# Cailleach bheag an earbaill

Tha cailleach bheag an earbaill a' freagradh a h-ainm le earball a tha nas fhaide na a bodhaig, agus tha seo ga dèanamh furasta a faicinn. 'S e eòin bheaga mholach a th' annta agus bidh suas ri fichead dhiubh a' fuireach còmhla ann am buidhnean beothail.

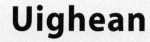

## Uighean

**Meud uighean: 14 x 10 mm**

**Àireamh uighean: 5–16**

# Gealbhonn

Tha gealbhonnan am measg nan eun gàrraidh as cumanta a th' ann. Tha iad sanntach mu bhiadh agus ithidh iad cha mhòr rud sam bith a thèid fhàgail a-mach dhaibh. 'S e eòin bheaga dhonna a th' annta a bhios a' fuireach ann am buidhnean càirdeil – mar as trice faisg air daoine.

**An robh fios agad?**
Ged a tha gealbhonnan gu math cumanta, tha na h-àireamhan aca a' crìonadh gu h-eagalach agus chan eil air fhàgail dhiubh ach leth dhen àireimh a bh' ann bho chionn 50 bliadhna.

## Uighean

**Meud uighean: 23 x 16 mm**
**Àireamh uighean: 3–5**

## Fiosrachadh mun Eun

| | |
|---|---|
| Faid | 14–15 cm |
| Rèis-sgèithe | 21–25.5 cm |
| Inbhe glèidhteachais | dearg |
| Biadh | sìol agus biadh air bùird-eun |
| Àrainn | bailtean agus air an dùthaich |

21

# Fiosrachadh mun Eun

| | |
|---|---|
| Faid | 14.5 cm |
| Rèis-sgèithe | 19–21 cm |
| Inbhe glèidhteachais | orains |
| Biadh | biastagan, damhain-allaidh, boiteagan agus sìol |
| Àrainn | fearann coillteach, callaidean, pàircean agus gàrraidhean |

**An robh fios agad?**
'S toigh leis a' chuthaig a bhith
a' breith an uighe aice anns na nid
aig gealbhonnan nam preas.

# Gealbhonn nam preas

'S e gealbhonn nam preas fear de na h-eòin as sàmhaiche sa ghàrradh agus fear dhen fheadhainn as cumanta. Tha iad donn is socharach agus gu math tric tha daoine a' smaoineachadh gur e gealbhonnan beaga a th' annta. Bidh iad a' gluasad gu clis air an talamh agus gu math tric a' biorgadh an sgiathan is an earbaill gu luath.

## Uighean

**Meud uighean: 19 x 14 mm**

**Àireamh uighean: 4–6**

# Breacan-beithe

Tha broilleach is aodann a' bhreacain-bheithe fhireann eadar a bhith orains agus pinc. Tha ceilear sìmplidh aca a tha furasta aithneachadh agus a tha diofaraichte a rèir càit a bheil iad a' fuireach – caran coltach ri blasan-cainnte dhaoine. Tha àireamh nam breacain-bheithe a' dol am meud sa gheamhradh nuair a tha tuilleadh eun a' nochdadh bho dhùthchannan fuara.

## Uighean

**Meud uighean: 20 x 15 mm**
**Àireamh uighean: 2–8**

An robh fios agad?
Bidh am breacan-beithe
boireann a' siubhal nas fhaide
deas airson a' gheamhraidh
na bhios am fear fireann.

## Fiosrachadh mun Eun

| | |
|---|---|
| Faid | 14.5 cm |
| Rèis-sgèithe | 24.5–28.5 cm |
| Inbhe glèidhteachais | uaine |
| Biadh | biastagan agus sìol |
| Àrainn | fearann coillteach, callaidean, pàircean agus gàrraidhean |

25

## An robh fios agad?

'S e "monmhar" a chante ris nuair a bhios na mìltean de dhruidean ag itealaich còmhla. 'S e sealladh gu math iongantach a th' ann.

## Fiosrachadh mun Eun

| | |
|---|---|
| Faid | 22 cm |
| Rèis-sgèithe | 37–42 cm |
| Inbhe glèidhteachais | dearg |
| Biadh | biastagan, boiteagan agus measan |
| Àrainn | anns a h-uile àite |

26

# Druid

Tha itean dhruidean brèagha, gleansach, dubh agus tha lainnir uaine-phurpaidh orra. 'S e eòin dhàna, thapaidh a th' annta, agus bidh iad a' fuireach ann an sgaothan mòra is a' dèanamh tòrr fuaim. Tha iad cuideachd air leth math air fuaimean eòin eile atharrais.

## Uighean

**Meud uighean: 30 x 21 mm**
**Àireamh uighean: 4–9**

# Snagan-daraich

Bidh an snagan-daraich a' bualadh a ghuib air stoc-craoibhe airson companach a thàladh. Bidh iad a' cleachdadh nan goban fada dìreach aca gus toll a dhèanamh san stoc agus an uair sin bidh iad a' neadachadh ann. Bidh an dà phàrant a' coimhead às dèidh nan uighean.

## Uighean

**Meud uighean: 26 x 19 mm**
**Àireamh uighean: 3–8**

An robh fios agad?
Tha teanga an t-snagain-
daraich air leth fada!

## Fiosrachadh mun Eun

| | |
|---|---|
| Faid | 22–23 cm |
| Rèis-sgèithe | 34–39 cm |
| Inbhe glèidhteachais | uaine |
| Biadh | biastagan, sìol agus cnothan |
| Àrainn | coilltean, fearann coillteach agus gàrraidhean |

## Fiosrachadh mun Eun

| | |
|---|---|
| Faid | 24–25 cm |
| Rèis-sgèithe | 34–38.5 cm |
| Inbhe glèidhteachais | uaine |
| Biadh | biastagan, boiteagan agus dearcan |
| Àrainn | fearann coillteach, ach 's fìor thoigh leotha gàrraidhean frith-bhailteach |

An robh fios agad?
'S ann donn a tha an
lon-dubh boireann!

# Lon-dubh

Tha ceilear an loin-duibh air leth brèagha agus bidh iad a' caithream bhon Fhaoilleach chun an luchair. 'S fhìor thoigh leotha a bhith a' ceilearadh an dèidh fras uisge. Tha an lon-dubh furasta aithneachadh le a ghob buidhe agus na cearcaill bhuidhe a tha mu na sùilean aige.

## Uighean

**Meud uighean: 29 x 22 mm**
**Àireamh uighean: 3–5**

# Faoileag dhubh-cheannach

'S e seo an fhaoileag as cumanta a tha a' fuireach a-staigh san tìr. Bidh dath itean nan eun seo ag atharrachadh tron bhliadhna agus tha seo gan dèanamh doirbh am faicinn. Anns a' gheamhradh, cha mhòr nach eil an àireamh dhiubh a tha san Rìoghachd Aonaichte deich-fillte. Chan ann dubh a tha itean an cinn ach dorcha donn.

## Uighean

**Meud uighean: 52 x 37 mm**
**Àireamh uighean: 2–6**

## Fiosrachadh mun Eun

| | |
|---|---|
| Faid | 24–27 cm |
| Rèis-sgèithe | 100–110 cm |
| Inbhe glèidhteachais | orains |
| Biadh | iasg, biastagan agus boiteagan |
| Àrainn | cladaichean agus talamh fliuch |

An robh fios agad?
Airson pàirt dhen
bhliadhna, 's ann geal
a tha itean an cinn.

# Fiosrachadh mun Eun

| | |
|---|---|
| Faid | 28–38 cm |
| Rèis-sgèithe | 55–70 cm |
| Inbhe glèidhteachais | uaine |
| Biadh | eòin bheaga |
| Àrainn | fearann coillteach agus gàrraidhean |

**An robh fios agad?**
Mar a' chuid as motha de eòin-chreachaidh, tha an speireag bhoireann nas motha na speireag fhireann.

# Speireag

'S e an speireag an t-eun-creachaidh as buailtiche do dhuine fhaicinn. Gu math tric, bidh iad ag ath-chleachdadh an àite neadachaidh aca agus mar as trice a' cumail an aon chompanach. 'S urrainn dhaibh itealaich uabhasach luath agus thig iad le roid bho fhasgadh callaide no bho phreas airson tighinn gun fhiosta air a' chreich a tha iad a' dol a ghlacadh.

## Uighean

Meud uighean: 40 x 32 mm
Àireamh uighean: 2–7

# Calman-coilearach

'S e eun grinn a th' anns a' chalman-choilearach le dath glas-dhonn soilleir, coilear sònraichte dubh agus gairm "coo-COO-coo" a tha furasta aithneachadh. Thàinig iad a Bhreatainn anns na 1950an agus tha fios againn gu bheil feadhainn dhiubh air còrr is 600 km a shiubhal trom beatha.

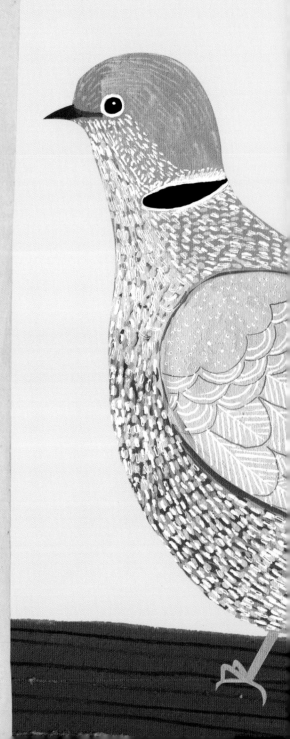

## Uighean

**Meud uighean: 31 x 23 mm**
**Àireamh uighean: 2**

## An robh fios agad?

'S urrainn dhan chalman-choilearach a ghob a chleachdadh mar shràbh airson uisge a dheocadh. Feumaidh a' chuid as motha de eòin na goban aca a lìonadh agus an uair sin an cinn a thogail suas nuair a bhios iad ag òl.

# Fiosrachadh mun Eun

| | |
|---|---|
| Faid | 31–33 cm |
| Rèis-sgèithe | 47–55 cm |
| Inbhe glèidhteachais | uaine |
| Biadh | sìol, gràn, gucagan agus failleanan |
| Àrainn | bailtean beaga is mòra |

37

## Fiosrachadh mun Eun

| | |
|---|---|
| Faid | 31–34 cm |
| Rèis-sgèithe | 63–70 cm |
| Inbhe glèidhteachais | uaine |
| Biadh | sìol, gràn agus cha mhòr rud sam bith a thèid fhàgail air bòrd-eun |
| Àrainn | bailtean agus bailtean-mòra |

**An robh fios agad?**

Aig àm a' Chiad is an Dàrna Cogaidh, bha calmain air an cleachdadh airson teachdaireachdan cudromach a ghiùlan. Chaidh Bonn Dickin a thoirt do 32 calman airson an cuid gaisgeachd.

# Calman-fiadhaich

Faodaidh itean ann an iomadh tuar de dhubh, gheal is ghlas a bhith air a' chalman bhailteil seo. Mar as trice, tha làrach loinnreach purpaidh is tuirc-ghorm air am broillichean agus tha na sùilean aca an-còmhnaidh dearg. Tha iad uabhasach càirdeil agus bidh iad a' fuireach ann an sgaothan mòra. 'S urrainn dhaibh itealaich air leth luath.

## Uighean

**Meud uighean: 39 x 29 mm**
**Àireamh uighean: 1–2**

# Fiosrachadh mun Eun

| | |
|---|---|
| Faid | 33–34 cm |
| Rèis-sgèithe | 67–74 cm |
| Inbhe glèidhteachais | uaine |
| Biadh | biastagan, uighean, luchagan, measan agus sìol |
| Àrainn | fearann coillteach, pàircean, achaidhean agus gàrraidhean |

**An robh fios agad?**
Tha cathagan air leth gleusta.
Aon uair, chaidh ionnsachadh do
chathaig sholta mar a bheireadh i
airgead a-mach à inneal-airgid.

# Cathag

'S e a' chathag an t-eun as lugha ann an teaghlach na starraige. Tha làrach dorcha glas air cùl a h-amhach agus tha a sùilean nochdte agus geal. Bidh iad a' fuireach ann an sgaothan mòra, mar as trice tha aon chompanach aca fad am beatha agus bidh iad a' ràcail gu càirdeil.

## Uighean

**Meud uighean: 36 x 26 mm**

**Àireamh uighean: 4–6**

# Fiosrachadh mun Eun

| | |
|---|---|
| Faid | 40–42 cm |
| Rèis-sgèithe | 75-80 cm |
| Inbhe glèidhteachais | uaine |
| Biadh | glasraich uaine, gucagan, failleanan, sìol, cnothan agus dearcan. |
| Àrainn | bailtean beaga is mòra, pàircean agus coilltean |

**An robh fios agad?**
'S e *squab* am facal Beurla
airson calman beag.

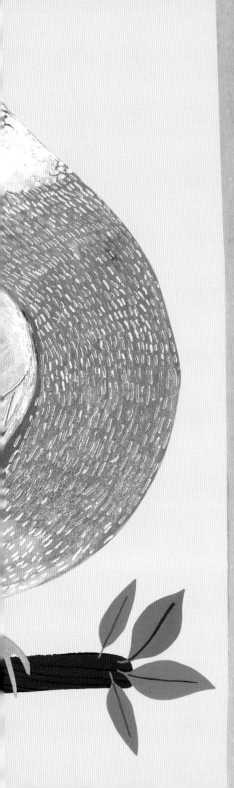

# Calman-coille

’S e seo an calman as motha agus am fear as buailtiche fhaicinn ann an gàrraidhean agus pàircean. Tha iad cha mhòr glas air fad, le làrach geal air an amhaichean. Tha "gùg" àlainn aig calmain-choille agus faodaidh iad a bhith gu math solta ann am bailtean beaga is mòra. ’S toigh leotha a bhith nan suidhe ann an craobhan, ach tha na sgiathan aca a’ dèanamh tòrr fuaim nuair a bhios iad a’ falbh air iteig.

## Uighean

**Meud uighean: 41 x 30 mm**

**Àireamh uighean: 2**

# Pioghaid

Tha lainnir bhrèagha phurpaidh-uaine air sgiathan dubha an eòin ainmeil seo. Bidh pioghaidean gu math tric a' fuireach ann an sgaothan mòra agus a' togail nid de bhiorain air a bheil cumadh cruinn airson nach fhaigh starragan faisg air na h-uighean aca. 'S ann ainneamh a ghluaiseas iad nas fhaide na 10 km bhon àite far an tàinig iad às an ugh.

An robh fios agad?
Tha pioghaidean ainmeil airson a bhith a' goid rudan gleansach – ach chan eil seo fìor idir!

## Uighean

**Meud uighean: 35 x 24 mm**
**Àireamh uighean: 5–8**

## Fiosrachadh mun Eun

| | |
|---|---|
| Faid | 44–48 cm |
| Rèis-sgèithe | 52–60 cm |
| Inbhe glèidhteachais | uaine |
| Biadh | rud sam bith agus a h-uile rud |
| Àrainn | toilichte fuireach ann an iomadh seòrsa àite |

# Clàr-innse

Comharraich na h-eòin a tha thu air fhaicinn anns a' ghàrradh agad no a-muigh air feadh an àite.

○ **Faoileag dhubh-cheannach**

Duilleag 32

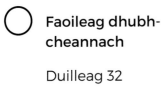

○ **Lon-dubh**

Duilleag 30

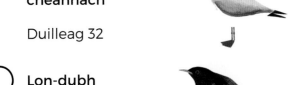

○ **Cailleachag a' chinn ghuirm**

Duilleag 10

○ **Breacan-beithe**

Duilleag 24

○ **Cailleachag a' chinn duibh**

Duilleag 8

○ **Calman-coilearach**

Duilleag 36

○ **Gealbhonn nam preas**

Duilleag 22

○ **Calman-fiadhaich**

Duilleag 38

○ **Lasair-choille**

Duilleag 12

○ **Snagan-daraich**

Duilleag 28

○ **Currac-baintighearna**

Duilleag 16

○ **Gealbhonn**

Duilleag 20

○ **Cathag**

Duilleag 40

○ **Cailleach bheag an earbaill**

Duilleag 18

○ **Pioghaid**

Duilleag 44

○ **Brù-dhearg**

Duilleag 14

○ **Speireag**

Duilleag 34

○ **Druid**

Duilleag 26

○ **Calman-coille**

Duilleag 42

○ **Dreathan-donn**

Duilleag 6

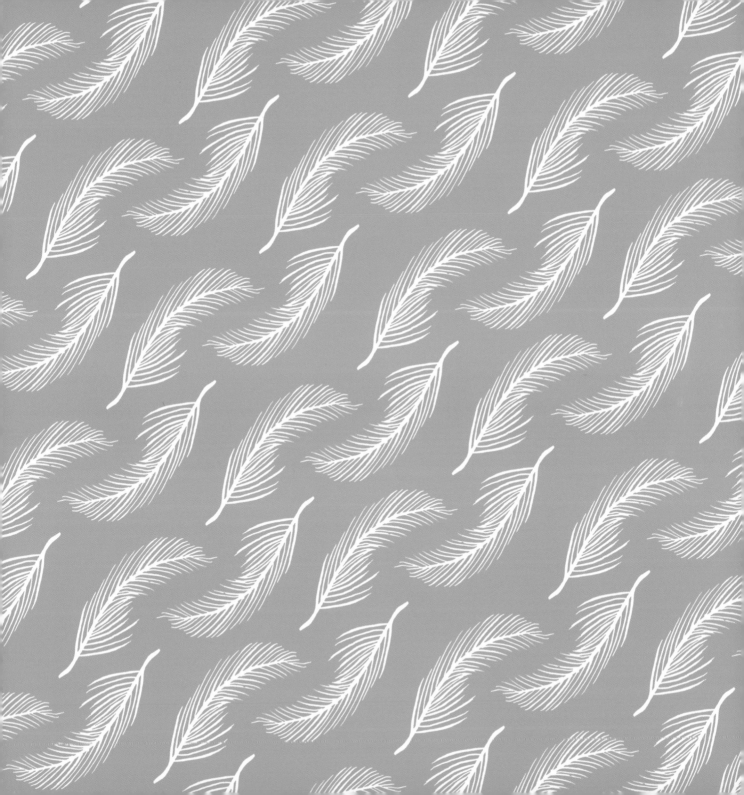